# Aus meinem geilen Tagebuch
-
# Mit ganzem Körpereinsatz

Mehr von mir und meinen Büchern auf
[www.voegellaune.eu](http://www.voegellaune.eu)

ISBN 9783757889487
© 2023 bei Lena von der Vögellaune
Herstellung und Verlag: BoD – Books on
Demand, Norderstedt
www.bod.de

Im letzten Winter habe ich ein gutes Fitnessstudio in meiner Nähe entdeckt. Die Bauar-
beiten waren noch gar nicht so lange beendet
und bald würde es die Einweihungsparty ge-
ben. Ja, auch ich bin dabei gewesen und habe
gleich einen Vertrag mit dem Betreiber gemacht. Bald sollte sich herausstellen, dass es
– genau genommen – eine Betreiberin und
deren Ehemann waren, die hier um neue
Kunden buhlten. Das Fitnessinteresse hat seit
Beginn von „C", oder soll ich doch Corona
ausschreiben? stark zugenommen. Mit einem
Mal will scheinbar jede einen süßen Arsch, einen flachen Bauch und stramme Brüste haben. Sixpack, ein flacher Bauch ein Knackarsch, breite Schultern und starke Muskeln
gehören hier zu den gewünschten Ergebnis-
sen der männlichen Besucher. So dauerte es
nicht lange, und die beiden hatten so viele
Sportinteressierte, dass der Laden so richtig
brummte.

Na, mal sehen, was ich hier für meinen
Sexy-Body noch alles tun kann. Schließlich
steht die Männerwelt auf meine rasierte
Möse, meinen kleinen süßen Arsch, meinen
flachen Bauch und auch meine Brüste können
sich sehen lassen. Wer schon meine anderen

Bücher gelesen hat, weiß das ich es gern hart und in meinen drei Löchern mag. Wenn ich vorher auch noch geleckt werde, ist meine Geilheit nicht mehr zu bremsen und ich will gefickt werden. Bisher waren die Männer, die ich hatte, sehr zufrieden mit mir. Einige wurden zu Freunden plus und ich möchte es auch künftig in meine drei Löcher bekommen, also werde ich etwas dafür tun, dass meine Löcher von strammen, prallen, steifen Schwänzen genommen werden.

So ging ich in der letzten Woche zu meinem ersten Termin mit der Betreiberin, die mir auch gleich einen Fitnessplan erstellte. Ich hatte mir meine Leggings und ein bauchfreies Top angezogen. Dabei sprachen wir über gesunde Ernährung, die für mich sowieso wichtig ist. „Von nichts kommt nichts", sagte ich stolz zu ihr. „Dennoch hätte ich gern einen flacheren Bauch und einen noch geileren Knackarsch" fügte ich noch hinzu. „Dürfen wir DU sagen" fragte mich die Betreiberin. „Na klar" sagte ich zu ihr. „Ich weiß gar nicht was du gegen deinen süßen Hintern hast. Darf ich ihn mal anfassen?" Einen Moment lang zögerte ich mit meiner Antwort. Dann willigte ich ein, stand auf und drehte ihr meinen

Rücken zu. Doch was war das. „Du bist ja feucht" sagte sie zu mir, als sie mit der einen Hand auf meinen Arsch schlug und mit der anderen in meinen Schritt fasste. Das machte mich sofort geil, auch wenn ich etwas perplex war. Sie stand nun vor mir, denn ich hatte mich umgedreht. Mit ihrer engen Shorts und dem Bikinioberteil sah sie sexy aus. So rutschte meine rechte Hand direkt zu ihrer Möse und mit der linken schlug ich, so doll ich konnte, auf ihren Hintern. „Aua, Nochmal denn das macht mich heiß" sagte sie zu mir. Wir waren allein im Studio, denn offiziell wird hier erst in einer guten Stunde geöffnet. „Bist Du bi"? fragte ich sie. „Wenn ich ein so süßes Girl vor mir habe, kann ich nicht widerstehen" antwortete sie mir. „Komm mit" sagte sie, gab mir noch einen Klaps auf meine noch etwas schmerzende Arschbacke und nahm mich dann an die Hand. „Dort hinten ist der Saunabereich und wir können doch mal probieren, wie heiß es dort schon ist." „Sehr gern" sagte ich und dachte: Dich werde ich so geil lecken, dass es dir gewaltig kommen wird. Ich war gespannt, ob sie auch so laut stöhnen kann wie ich, wenn es mir ein Mann so richtig besorgt. Wenn ich richtig hart gefickt werde, kann ich ziemlich laut sein, was die Männer immer noch geiler auf mich macht.

Vor der Sauna zogen wir uns aus. Ich konnte es immer noch nicht so recht fassen, was hier gerade geschah. Aber ich war auch so geil, dass ich jetzt alles getan hätte.

Michelle, die Betreiberin, hat blonde Haare bis zum Arsch, schöne Brüste (75B) und ihre Hotpants haben die 38. Sie ist etwas größer als ich und trägt genau wie ich ein Bauchnabelpiercing. Ich denke, dass ich es nicht extra erwähnen muss, aber natürlich ist sie komplett rasiert.

„Du hast einen schönen Body" sagte ich zu ihr. Sie nickte einmal und da ich mich auch schon ausgezogen hatte, erwiderte sie „Du aber auch und dass die Männer verrückt nach dir sind, kann ich gut verstehen. Allein deine stehenden Nippel zeigen, dass du es mal wieder brauchst." „Oh", sagte ich zu Michelle und hielt die Hände vor meine Brüste. „Nein, nimm die Hände wieder runter" sagte sie zu mir „Das sieht doch geil aus" fuhr sie fort. „Die sind auch geil, genau wie meine Möse, die schon vor Geilheit zuckt." Michelle sagte „Lass uns in die Saunakabine gehen und dann werde ich dir meine Finger reinschieben und testen, wie nass du schon bist." „Danach werde ich meinen Mund gegen deine Pussy drücken, Michelle. Ich bin schon gespannt, wie laut du bist, wenn du kommst" meinte ich zu ihr. Ich stellte mich neben Michelle, gab ihr einen kräftigen Schlag auf ihren Arsch und sagte „Los, komm jetzt." Es dauerte nur ein paar Sekunden und ich bekam auch einen Schlag auf meinen kleinen Arsch, dann nahm sie mich an die Hand und wir gingen beide in die Kabine. Michelle setzte sich gleich ganz nach oben, wo es am heißesten ist und als ich die Tür geschlossen hatte und zu ihr ging, spürte ich ihren Blick von oben bis unten über meinen Körper gehen. So werde ich sonst nur von einem Mann angeschaut, bevor der mich hart rannimmt.

„Wenn ich nicht schon nackt wäre, hättest du mich jetzt mit deinem Blick ausgezogen" sagte ich zu Michelle. „Ja klar, so ein süßes Girl wie dich sehe ich nicht so oft und schließlich sitze ich hier auch mit gespreizten Schenkeln vor dir" erwiderte sie. „Komm setz dich zu mir, Lena. Ich werde dich streicheln, küssen, lecken und massieren bis du dich vor Geilheit nicht mehr zurückhalten kannst. Ich will hören, wie laut du kommst. Vielleicht zuckt deine Möse auch so wie meine, wenn du kommst, aber das werde ich ja sehen, wenn ich mit dir fertig bin, du kleines geiles Stück." So werde ich selten genannt, ging mir durch den Kopf. Oben angelangt setzte ich mich zu ihr und legte meinen Arm um ihre Hüfte.

Michelle legte ihre Hand auf mein Knie. Langsam, ganz langsam fuhren ihre Fingerspitzen über meinen Oberschenkel. meinen Bauch, meine Brüste und meinen Hals. „Du küsst gut" sagte ich zu ihr, nachdem sie meinen Mund wieder freigegeben hatte. „Wenn du auch so gut leckst, wirst du nicht lange brauchen, bis ich vor Geilheit explodiere." Sie legte ihren Zeigefinger auf meinen Mund und danach ging es wieder abwärts. Zunächst fuhren ihre Fingernägel über mein Genick, danach nahm sie meine Nippel zwischen ihre Finger und zog an ihnen. Es schmerzte ein wenig, aber ich bemerkte auch, dass mich das geil machte. Nun hockte sie sich vor mich und massierte meine Brüste und meine Nippel wurden immer härter und steifer. „Du wirst ja schon geil, Lena. Du hast aber auch einen schönen Busen. Dass die Männer den mögen, kann ich sehr gut verstehen." „Oh ja, das machst du gut" erwiderte ich. „Die Männerwelt mag meine Brüste genau wie ich, denke ich." Michelles Hände streichelten mich weiter am Bauch. Ganz zaghaft fuhren ihre Fingernägel über meine Haut und dann begann sie die Innenseiten meiner Oberschenkel zu streicheln. Immer hin und her vom Knie bis zum Schritt, aber nie über meine, immer nasser werdenden, geilen Lippen. Als ob sie meine Gedanken ahnen könnte sagte sie plötzlich zu mir, „dass hättest du wohl gerne, dass ich jetzt schon deine Möse verwöhne". Da musst du dich noch gedulden. Wieder fuhren ihre Fingernägel auf und ab und auf und ab und auf und ab. Immer kräftiger strich sie dabei über meine Schenkel. „Ich will dich" sagte mit einem Mal zu mir und begann mit ihrer Zunge und ihrem Mund meine Möse zu bearbeiten die immer nasser und nasser wurde. Ich begann zu stöhnen und in dem Moment hörte sie auf. „Noch nicht, du darfst jetzt noch nicht kommen, Lena" sagte sie zu mir etwas lauter als sie sonst mit mir sprach. Ich atmete tief ein und hauchte ein „na gut." Es war nicht leicht, nicht zu kommen, denn Michelle hatte sich wohl auf mich vorbereitet.

Sie griff hinter mich und als ihre Hand wieder vorkam, hielt sie einen großen schwarzen Dildo fest. „Schau ihn dir an. Den werde ich jetzt erst in deine klatschnasse Möse und anschließend in deinen engen Anus schieben." „Wow, der wird mich völlig ausfüllen" stöhnte ich gerade noch und schon schob mir Michelle dieses riesige Teil in meine Möse. Sie tat es langsam, sehr langsam und genauso langsam zog sie ihn auch wieder heraus, jedoch nicht ganz. „Na willst du jetzt genommen werden, Süße" fragte Michelle. „Ja, bitte komm und fick mich mit dem Dildo" stöhnte ich hervor. Kaum hatte ich die Worte ausgesprochen, stieß sie den Dildo in meine triefendnasse Möse mit einem Ruck hinein. „Ah, au, ja, jaa, jaaa" stöhnte ich. Jetzt begann er zu vibrieren und ich stöhnte „gleich komme ich!!!" „Na komm doch, du geiles Stück. Los lass mich hören und sehen, wie du kommst" während sie den Dildo noch tiefer in mich stieß. Ich stöhnte noch einmal laut und dann kam ich so gewaltig wie schon ewig nicht mehr. Meine Möse zuckte, mein Bauch zuckte genauso und mein Rücken versteifte sich immer wieder im geilen Takt.

„Was bist du für eine kleine geile Schnecke" sagte Michelle zu mir. „Leg dich auf deinen Bauch, denn gleich wirst du noch von hinten genommen und da will ich dich mindestens genauso laut kommen hören wie eben." Ich wusste noch gar nicht wo oben und unten ist, tat ihr und vor allem mir aber dennoch den Gefallen und streckte ihr meinen Arsch entgegen. Sie setzte sich neben mich, eine Reihe tiefer und ich lag ganz oben. Jetzt würde mir wohl noch heißer als heiß werden, dachte ich.

Kaum hatte ich es mir wieder bequem gemacht, dachte ich noch einen kleinen Moment an das geile Gefühl von eben da schob Michelle mit einem kräftigen Stoß den gleichen Dildo in meinen süßen Arsch. „Au, Au, Aua, der ist zu groß, Ah, Au, Ja, Jaa, Oh jaaaa" begann ich wieder zu stöhnen. Klatsch, Klatsch, Klatsch machte es, da Michelle mir nun auch noch den Arsch versohlte. „Stöhne, du geile Bitch" sagte sie zu mir und mir blieb gar nichts anderes übrig, als immer lauter zu stöhnen unter den Stößen, die sie mit dem Dildo machte. Nach ein paar weiteren Stößen kam ich nochmals. Michelle hörte gar nicht mehr auf, mir meinen Arsch zu versohlen.

„Wenn du nicht bald aufhörst, damit" sagte ich zu Michelle „werde ich so rattenscharf, dass ich auch noch einen richtigen Schwanz in meinen Löchern brauche". Klatsch, Klatsch, Klatsch „und noch eine" sagte Michelle und schlug mir nochmal auf meinen Arsch. „Den Schwanz bekommst Du gleich, du geiles Stück. Mein Mann wartet schon darauf uns beide durchzuficken, denn er steht schon neben mir. Aber nicht nur er steht, sondern er steht auch. Wir beide stehen auf einen geilen Dreier mit einer zweiten patschnassen Muschi.

Wo war ich hier hineingeraten? Ich komme und komme und nun werde ich noch gefickt. Na, mal sehen, ob er es auch bringt. Aber der Besuch in diesem Fitnessstudio hat sich schon jetzt gelohnt. Ich drehte mich um auf den Rücken und sah, wie Michael seinen Riesenschwanz in Michelles Möse versenkte. Ihr Blick sagte mir, wie geil Michelle war. Michael schob seinen Riesenschwanz in Michelles Fickloch und zog ihn fast wieder heraus. Mit seinen Fingern massierte er offenbar ihren Kitzler, der inzwischen zu einer großen Lustperle geworden war. Ich dachte schon, wenn er jetzt schon so langsam fickt, was wird er nachher in meiner engen, nassen, geilen Muschi machen. Ob er dann wohl nochmal kommt und ich auch, war so meine nächste Überlegung. Mit einem Mal schrie Michelle laut auf, denn Michael hatte seinen Schwanz in sie gerammt und die Fickstöße wurden immer schneller. Michelle keuchte vor Geilheit. Dann zog er sein Prachtstück wieder aus ihr heraus. „So, du geile Bitch" sagte er plötzlich noch etwas stöhnend zu mir. „Dich werde ich jetzt in deinen süßen Arsch ficken und nachher dürft ihr beide meinen Schwanz lutschen, bis die Sahne in eure Gesichter spritzt." Er stellte sich hinter mich, beugte meinen Oberkörper nach vorn und nahm meine Haare in seine kräftige Hand. Mit einem Ruck zog er sie nach hinten und mein Kopf richtete sich auf. Im gleichen Moment hatte er seinen harten, steifen Schwanz in meinen Anus gestoßen. „Au, au, aauu, aah, jaaaa komm fick mich hart durch" sagte ich zu Michael. „Das lasse ich mir nicht entgehen, du geile Fickschlampe" stöhnte er, um bald darauf heftiger und schneller in meinen süßen Arsch zu ficken. „Gib mir noch ein paar Stöße, dann komme ich" stöhnte ich heraus. Er klatschte auf meine Backen und zog ihn raus. „Das hättest du wohl gern, dass ich dir meine Sahne allein gebe. Nein, ihr dürft sie aus mir heraussaugen und dann werde ich in eure Gesichter spritzen" stöhnte Michael. Michelle und ich sahen uns kurz an, sie nahm seinen Prügel und ich seine prallen Eier und es dauerte nicht lange, bis Michael uns beide mit seiner Sahne belohnte. Michelle und ich säuberten unsere Gesichter mit dem Finger, den wir uns gegenseitig in den Mund schoben, um die Sahne zu schlucken. Zum Schluss lutschte ich den langsam schlaffer werdenden Schwanz sauber.

Nach einer Weile ging ich in die Dusche und als ich wieder herauskam, saßen beide in der Umkleide neben meinem Schränkchen. „Deinen Vertrag habe ich dir hier hingelegt, Süße" sagte Michelle. „Über die Kosten brauchst du dir keine Gedanken machen, denn du zahlst bei uns nicht mit Geld, sondern mit deiner Geilheit" ergänzte Michael noch. Ich nahm meinen Vertrag, der mich in der kommenden Wintersaison fit halten würde, grinste und zog mich sehr genüsslich an. „Bis zum nächsten Mal, wenn wir wieder kommen. Dann zeigen wir dir, wie zwei Frauen miteinander ficken, Michael" sagte ich und grinste im Gehen Michelle an.

*

Zu Hause angekommen zog ich mich aus, ließ Wasser in meine Wanne laufen und goss mir ein Glas Sekt ein. Was war das für ein geiler Tag gewesen. Wie gut, dachte ich, dass ich mich für dieses Fitnessstudio entschieden hatte. Denn es gab noch eines, welches sogar näher an meiner neuen Wohnung lag, aber schon beim ersten Blick nach drinnen hatte ich mich entschieden hier keinen Vertrag zu unterschreiben. Eher wäre ich noch weiter weggefahren, denn die Geräte, die dort zu sehen waren, erweckten den Anschein, als hätten sie ihre besten Jahre schon hinter sich. Ich habe meine besten Jahre aber noch vor mir und Bauch, Beine Po ist für mich sehr wichtig. Jetzt in die Wanne und entspannen. Mit meinen Gedanken war ich noch immer im Fitnessstudio und ich stellte mir vor, wie ich mit Michelle ihrem Michael so richtig einheize. Es dauerte nicht lange und die Nippel standen schon wieder. Der Sekt tat sein Übriges, denn ein paar Tropfen ließ ich mal über meine Brüste laufen. Das war im wahrsten Sinn des Wortes prickelnd.

Schließlich mag ich es, wenn die Männer hinter mir herschauen oder mir nachpfeifen. Manchmal möchte ich die bösartigen Gesichter der dazugehörigen Frauen sehen. Einer war mir mal mit seiner Frau entgegengekommen. Sie trug ein Schlabberpulli und eine nicht mehr schöne Jogginghose und ihr Bart war unter dem Kinn länger als seiner, wobei er keinen Bart trug. So wie diese Frau möchte ich niemals herumlaufen, auch in dreißig Jahren nicht. Kurze Zeit später kam er mir allein entgegen, lächelte mich an und sein Blick ging direkt zu meinen Brüsten herunter. „Hey", sagte ich und lächelte zurück. Er war gerade an mir vorbei, als er sich umdrehte und auch „Hey" sagte. Mit seinen Augen hing er an meinem Arsch. Als ich das bemerkte, ließ ich meine Hüften noch etwas mehr bewegen. Obgleich er bestimmt zwanzig Jahre älter war als ich machte mich das an.

Ich genoss die Wärme des Wassers in meiner Wanne und füllte heute gern nochmal Wasser nach. Anschließend ging ich kurz in die Küche, um auch meinen Sekt nachzufüllen. So stieg ich wieder in meine Wanne. Rasieren werde ich mich nachher auch wieder, dachte ich und nahm einen Schluck von dem

Sekt und hing meinen Gedanken über die „Lesbennummer" nach. Am besten wird es sein, wenn ich mich mit Michelle in den nächsten Tagen mal verabrede und wir das gemeinsam planen. Da sie im Fitnessstudio sofort zugestimmt hatte, sollten die Planungen kein Problem und der praktische Teil richtig geil werden. Ich spürte die Wirkung des Sektes und meine immer größer werdende Geilheit. So stieg ich aus der Wanne, zog meinen flauschigen weißen Bademantel über und setzte mich mit dem Sekt auf die Couch. Plötzlich klingelte es und ich fragte wer da ist. „Hier ist Michelle, hast Du einen Moment Zeit für mich" fragte sie. „Na klar" sagte ich zu ihr, nachdem ich die Tür geöffnet hatte. Michelle sah mich an, als wenn sie es sofort mit mir treiben wollte und die Hotpants genau wie das bauchfreie Top unterstrichen ihren geilen Blick auch noch. Zumal dadurch ihr kleines Piercing am Bauchnabel blitzte und zum Blickfang wurde. „Komm rein" sagte ich zu ihr. Ich ging voraus und sie folgte mir ins Wohnzimmer. Ich setzte mich wieder auf die Couch und Michelle nahm im Sessel, mir gegenüber, Platz. „Möchtest Du auch ein Glas" fragte ich. „Oh ja, sehr gern" antwortete

Michelle. Ich goss ihr ein und sie sagte gleich „Ich will nicht um den heißen Brei drum rumreden, aber mich interessiert schon in welcher Stellung du den Fick mit meinem Mann am intensivsten fandest." Mit so einer Frage hatte ich nicht gerechnet, aber überlegen musste ich nicht lange. „Am geilsten fand ich es, als Michael seinen riesigen Schwanz von hinten in meine Möse stieß. Da konnte ich seine ganze Geilheit spüren" antwortete ich ihr. „Ich finde es auch am besten, wenn ich von hinten genommen werde und das gern hart" sagte Michelle. „Meintest Du das ernst, mit der Lesbennummer" fragte mich Michelle. „Ja na klar, was denkst du denn. Ich finde es geil, wie du mich nimmst und wenn ich dabei auch noch deinen Mann beobachten kann, macht mich das richtig scharf" sagte ich. „Großartig, dann werden wir uns mal etwas überlegen, wie wir ihm einheizen. Nächste Woche, wird er 30 und das wäre doch ein schönes Geschenk für ihn von uns beiden". „Prima, dann darf er ab der 30. Minute mitmachen. Mal sehen, wen er von uns beiden dann zuerst fickt." „Das ist eine geile Idee" meinte Michelle. So saßen wir noch den ganzen Abend zusammen und bereiteten gedanklich alles vor. Sogar den Standort einer Kamera, die unser Fickdate filmen sollte, legten wir fest. Natürlich würde Michael davon erst hinterher erfahren.

Wir hatten uns beide für den nächsten Vormittag verabredet, da Michael im Studio die Frühschicht hatte, konnten Michelle und ich shoppen gehen. Dessous hatten wir beide schon einige in unseren Kleiderschränken, aber für diese Gelegenheit wollten wir etwas besonders kaufen. Etwas, dass mehr zeigte als es verbarg. Also so ein Hauch von nichts. In der Dessousabteilung angekommen war die Auswahl riesig. Zunächst überlegten wir nach der Farbe, denn Michelle mit ihren blonden Haaren, die ihr bis zu ihrem süßen Arsch gingen, standen andere Farben als mir. Michelle brauchte nicht lange und stand plötzlich mit einem apricotfarbenen Ministring und dem dazu passenden BH neben mir. „Ich bin mir ziemlich sicher, dass dies genau zu mir passt" sagte Michelle und gab mir einen Klaps auf meinen Arsch. „Hey, hier kann uns jeder sehen" sagte ich zu ihr. „Tu nicht so, als würde dich das nicht anmachen" erwiderte Michelle und während sie das aussprach, hatte ich noch einen bekommen. Als

Revanche zwickte ich sie in ihren süßen Knackarsch. „Los komm, wir brauchen noch etwas für mich" sagte ich zu Michelle. „Schau mal, da vorn" sagte sie und zeigte auf einen Ministring und den dazu passenden BH im Himbeerroten Farbton. „Meinst Du, dass mir diese Farbe steht" fragte ich nach. „Natürlich, komm wir probieren beide mal unsere neuesten Errungenschaften bei dir zu Hause an und dann wirst du es sehen" sagte Michelle zu mir. Wie so oft waren die Umkleidekabinen gut gefüllt und es warteten auch schon zwei Frauen davor. Wie gut, dass wir mit dem bisschen Stoff da nicht reinmüssen. Auf der Autofahrt zu mir nach Hause, legte ich meine Hand auf Michelles Oberschenkel und unwillkürlich glitt sie immer weiter nach oben. Als ich zwischen ihren festen Schenkeln angekommen war, begann ich ihre Möse durch die Hose zu reiben. „Hey, was machst Du da" fragte Michelle. „Tu nicht so" sagte ich schroff zu ihr, „das macht dich doch geil, so wie du schon stöhnst" „Ja, na klar" sagte Michelle. „Aber wenn wir bei dir angekommen sind, werde ich mich um deine süße Muschi kümmern. Ich werde dich lecken, bis ich höre und schmecke, dass du gekommen bist" ergänzte

Michelle noch. Die nächste Ampel war rot und ich nutzte die Gelegenheit und beugte mich zu ihr rüber. Nahm ihre Brust in meine Hand und schob ihr meine Zunge in ihren Mund. Plötzlich hupte es hinter uns. „Ja, wir fahren schon weiter" sagte ich so vor mich hin. Bis zu mir nach Hause gab es keine weitere Ampel mehr. So stiegen wir zu Hause aus, nahmen unsere kleinen Tütchen und dann gingen wir die paar Treppen, bis zu meiner Wohnungstür hoch. „Wäre Michael jetzt hier, hätte er dir schon deinen süßen Knackarsch versohlt, Lena." „Dann habe ich ja Glück gehabt" entgegnete ich. „Naja, ich kann das auch" erwiderte Michelle und begann sofort damit, meinen Hintern zu versohlen. Vor meiner Wohnungstür schloss ich nicht gleich auf, sondern griff in Michelles Hotpants und massierte nochmal ihre Muschi. Dieses Mal jedoch immer fester und fester und als meine Finger nass von ihrem heißen Mösensaft wurden zog ich meine Hand wieder raus und schob ihr die nassen Finger in ihren Mund. „Wollen wir jetzt rein, Michelle" fragte ich. „Ja, ja bitte rein – in meine heißen Lippen" stöhnte sie und ich schloss die Tür auf und wir gingen hinein.

Ganz schnell machte ich die Tür drinnen wieder zu und wir zogen uns gegenseitig aus.

Michelle nahm mich an ihre Hand, nachdem wir beide unsere Tütchen mit dem bisschen Stoff drinnen abgelegt hatten. Und kaum waren wir in meinem Schlafzimmer, küsste sie mich und schubste mich auf mein Bett. Kaum lag ich, schob sie meine Beine auseinander und begann meinen Bauchnabel zu küssen. Langsam, aber sicher glitt ihr Mund über meinen Bauch und als sie an meiner Muschi angekommen war, spreizte sie meine Scham mit ihren Fingern und schob ihre Zunge zwischen meine geileren Lippen. „Na macht dich das geil, Lena" fragte sie mich. „Oh ja, das macht mich geil" sagte ich zu ihr. „Dann entspann dich, bis du vor lauter Geilheit laut kommst. Denke daran, ich will hören, sehen und schmecken wie du kommst." Kaum hatte sie das ausgesprochen, begann sie mich zu lecken.

Mir war beim letzten Mal schon sehr schnell aufgefallen, wie geschickt sie mit ihrer Zunge war. Sie umspielte meine Knospe, bis sie immer praller und fester wurde. Leckte über meine Muschi und schob immer mal wieder ihre Zunge in mein immer feuchter werdendes Loch. „Hm, du schmeckst gut“ sagte sie zu mir. „Das macht mich so heiß, wie du mich leckst“ stöhnte ich zurück. „Oh, das klingt gut, du beginnst zu stöhnen“ sagte Michelle zu mir. Ihre Zunge spielte wieder an meiner geilen Knospe und dann schob sie mit einem Mal mehrere Finger in mein enges, inzwischen patschnasses Loch. „Oh, ja mach weiter“ stöhnte ich hervor. Immer stärker drückte sie ihren Kopf zwischen meine Schenkel und ich tat meins. Ich drückte ihren Kopf immer fester auf meine pochenden, nassen und geilen Lippen. „Ja, jaaa, jaaa, nimm mich und Machs mir“ stöhnte ich noch einmal und dann kam ich. Laut stöhnend, nass und salzig kam ich. „Wow, du kommst ja sehr laut, Lena. Gleich darfst du mich zum Kommen bringen und ich bin schon gespannt, wie du das anstellst“ sagte Michelle und stöhnte dabei auch ein wenig. Wir beide blieben noch einen Moment, ganz eng nebeneinander, liegen und dann gingen Michelle und ich unter die Dusche.

Wir brausten uns gegenseitig ab und dann begann Michelle mich einzuseifen. Sehr langsam begann sie an meinem Hals und dann glitten ihre Hände herunter zu meinen

Brüsten, die sie sofort massierte und meine Nippel hart werden ließ. Danach rutschten ihre Hände über meinen flachen Bauch, bis sie an meinen noch immer geilen Lippen ankam. Die Lippen ihres süßen Mundes küssten nun meine Scham und sie drehte mich langsam um, bis sie meinen kleinen Knackarsch vor ihrem Gesicht hatte. Sie küsste auch mein Hinterteil und dann bekam ich ein paar Klapse von Michelle auf meinen Arsch. „Wenn Du so vor mir stehst, kann ich nicht anders, als dir deinen süßen Arsch zu versohlen" sagte Michelle. „Ich werde mich revanchieren" antwortete ich und grinste dabei.

Nun war ich an der Reihe Michelle nass zu machen und sie sollte nass werden. Ich stand vor ihr küsste sie und schob meine Zunge in ihren süßen Mund. Meine Hände glitten langsam über ihren Rücken und als sie an Michelles prallem und knackigen Arsch angekommen waren, schlug ich auf ihre heißen Backen. „Aua", sagte Michelle. „Du willst doch hart genommen werden, also hab dich nicht so" erwiderte ich. Sofort bekam sie noch ein paar Klapse auf ihr geiles Hinterteil. Dann drehte ich sie um und nun hatte ich ihre geile Muschi vor meinen Augen.

„Ich werde dich mal gleich noch rasieren“ sagte ich zu Michelle und setzte eine neue Klinge auf meinen Rasierer. Ich ließ ihr keine Zeit zu antworten und begann sofort mit ihrem Venushügel. Ich machte so lange weiter, bis ich ihre Bikinizone komplett rasiert hatte. „Danke schön, du kleine Bitch“ sagte Michelle ganz frech zu mir. Klatsch, Klatsch, Klatsch, Klatsch versohlte ich ihr jetzt ihren Arsch. „Hast du mich gerade Bitch genannt“ fragte ich sie. „Na klar, offenbar magst Du den Dirty Talk doch auch“. „Ja, das macht mich schon an“ erwiderte ich und küsste nun ihre Muschi. Gleichzeitig schob ich ihr ein paar Finger in ihr Loch und begann ihren Kitzler zu lecken. Mit der anderen Hand massierte ich ihr eine Backe. „Was machst du da mit mir“ fragte Michelle mich tatsächlich. „Ich will dich so nass und so geil, dass du vor Erregung und Geilheit nachher auf dem Sofa so laut kommst, wie du es noch nie erlebt hast, du blondes Miststück“. „Miststück nennst du mich“ fragte Michelle. „Na klar ich werde dir zeigen, was du für ein geiles Bückstück bist.“ Meine Hand glitt immer schneller und immer fester in ihre Spalte und mein Mund fuhr nach oben zu ihrem Bauchnabel. Mit meiner Zunge spielte ich an ihrem kleinen Piercing und Michelle begann immer lauter zu stöhnen. „Hier sollst du noch nicht kommen" sagte ich laut zu ihr. Dann stand ich auf, küsste ihre Brüste und nahm sie an meine Hand. Wir begannen uns abzutrocknen und dabei wurde Michelle noch geiler. „So will ich dich haben. Stöhne ruhig deine Geilheit heraus, du nasse Schlampe." Ich war selbst manchmal erstaunt, wie ich Michelle nannte, aber es machte auch mich geil so mit ihr zu sprechen.

Michelle lief vor mir aus dem Bad und das war wie eine Einladung ihr auf ihren süßen Arsch zu hauen, was ich sofort mit Genuss tat. „Aua", sagte Michelle. „Tu nicht so, ich werde dich gleich richtig rannehmen du süße kleine Bitch." Patsch, Patsch hatte sie noch zwei Klapse auf ihren Backen. Sie drehte sich zu mir um und hob ihren rechten Arm. Ich griff nach Michelles Arm drückte ihn wieder runter und presste sie ganz fest an mich. Unsere Brüste drückten aufeinander und ich glitt mit meiner rechten Hand in Michelles Schritt und als ich an ihrer feuchten Fickspalte angekommen war, schob ich ihr zwei Finger hinein. Sie sah mich an, als wenn Michelle mich jetzt vernaschen wollte. Ich küsste sie und schob sie zum Bett. „Leg dich hin und streck deine Arme nach oben. Dabei machst du deine Augen zu" sagte ich zu Michelle. „Was tust du dann mit mir" fragte sie mich. „Mach deine Augen zu, sonst verbinde ich sie dir" entgegnete ich. Michelle lächelte, schloss ihre Augen und blieb still liegen. Mit zwei geschickten Griffen hatte sie ihre eigenen Handschellen an. Gleich darauf setzte ich mich auf ihren süßen Schmollmund und begann ihre feuchte Spalte zu lecken. „Leck mich, du geile Schlampe" sagte ich im schroffen Ton. Michelle wollte gerade etwas sagen, da setzte ich mich noch fester auf ihre Lippen. Nun konnte sie nichts mehr sagen und begann das zu tun, was ich von ihr gefordert hatte. Sie kann geil lecken, bemerkte ich mal wieder. Mein Mund küsste ihre nasse Lustspalte und dann schob ich ihr meinen Big hinein. Mein Big ist mein größter Dildo. Er hat einen stattlichen Umfang und eine Länge von 18 Zentimetern. Die bekam Michelle jetzt mit einem Stoß in ihren Fickschacht. Dabei leckte ich ihre dicke, pralle Lustperle und es dauerte nicht lange bis sie laut keuchend kam. Sie kam gewaltig und auch ich war nass. Jetzt stieg ich von ihr herunter, nahm ihr die

Handschellen ab und kuschelte mich ganz eng an sie heran.

„Ich bin mir sicher" sagte ich zu Michelle „so bekommen wir nicht nur eine Beule in die Hose deines Mannes. Mal sehen, wie lange er uns bei diesen Spielen zusehen kann." „Oh ja, das wird ihn so spitz machen und dann wird er es uns beiden kräftig besorgen" erwiderte sie.

Nach einer ganzen Weile standen wir auf und ich machte uns einen Longdrink, denn inzwischen war uns danach und es war später Nachmittag geworden. Aber nebenbei probierten wir auch noch an, was wir uns in der Dessousabteilung gekauft hatten. Nun standen wir beide vor meinem großen Spiegel im Schlafzimmer, der auch für andere Blicke gut ist, und sagten beide wie geil wir aussehen. „Allein bei dem Anblick würden meinem Michael einige Dinge, die er mit uns anstellen möchte, einfallen" sagte Michelle zu mir. Das glaube ich auch. „Meinst Du, er schafft uns beide" fragte ich. „Na klar, wenn er mich durchvögelt, endet das nie unter vier Nummern hintereinander" sagte Michelle. „Das klingt großartig" erwiderte ich. Wir fuhren mit unseren Gedanken fort unterhielten uns über dies und das, was Frauen wie uns beide eben interessiert. Muskulöse Oberkörper, kräftige Oberschenkel und knackige Hintern von Männern. Natürlich kamen auch gut gebaute und standhafte Schwänze darin vor und so langsam kamen wir wieder bei Michael an. Ein bisschen würde es noch dauern, bis er 30 wird. So lange wollten wir beide aber nicht warten und so verabredeten wir uns für die nächste Woche am Freitag so gegen 20:45 Uhr denn um 21:00 Uhr schließt dieser geile Fitnesstempel und dann wären nur noch wir drei da. Natürlich würde Michelle ihrem Mann vorher nichts davon sagen damit die Überraschung zum Wochenende größer wird.

*

Am Freitagmorgen machte ich einen kleinen Umweg auf meiner Joggingrunde, um noch beim Bäcker etwas Leckeres zum Frühstück mitzunehmen. Es war schon wärmer geworden und so zog ich meine Leggings, natürlich ohne etwas drunter, und mein bauchfreies Top an. Normalerweise brauche ich keinen BH, denn meine Brüste sind schön fest und wenn ich geil werde, freut sich die Männerwelt, wenn das auch an meinen Nippeln zu sehen ist. Bei manch einem bildet sich allein davon eine Beule in der Hose und ich kann sehen, wie gut er gebaut ist. So hat nicht nur die Männerwelt etwas davon, sondern ich auch. Auf diese Art bin ich schon zu manch einem geilen Fick gekommen.

Als ich beim Bäcker angekommen war, standen dort schon einige Leute. Vor mir stand ein Mann der vielleicht zehn Jahre älter war als ich und als ich hinter ihm zum Stehen gekommen war, drehte er sich um. Sein erster Blick ging genau zwischen meine Schenkel und dann ging sein Blick immer weiter nach oben. Über meinen Bauch, meine Brüste auf denen sein Blick einen Moment lang blieb und dann weiter bis zu meinem Gesicht. Ich spürte, wie ich Farbe im Gesicht bekam und meine Nippel sich aufrichteten. „Sportlich, sportlich" sagte er mit tiefer Stimme. Oh, ich mag Männer, die so eine tiefe Stimme haben. „Sie scheinen aber auch gut trainiert" erwiderte ich. „Ja, ich mache auch viermal in der Woche Sport und zwischendurch, wenn es sich ergibt auch noch anderen Sport" antwortete er mir. Jetzt ging mein Blick an ihm herunter. Ein rasiertes Gesicht, eine muskellöse Brust und die Muskeln waren auch kräftig. Ich beschloss für mich, nicht nur leckere Körnerbrötchen, sondern auch diesen leckeren Typen mitzunehmen, wenn er nichts dagegen hätte. So fragte ich ihn direkt „Wollen wir zusammen frühstücken"? „Gerne" erwiderte er. Na, das hat ja sofort funktioniert, dachte ich. Gut so wie ich gerade aussehe hätte es mich wohl auch eher wundern müssen, wenn er Nein gesagt hätte. Auf dem Fußweg zu mir, der nur ein paar Minuten dauerte, unterhielten wir uns über gesunde Ernährung und alles, was dazu gehört. So erfuhr ich, dass er Ernährungsberater ist. Was mich für einen Moment verwunderte, war seine Aussage „Manchmal nehme ich auch nach dem Essen noch einen Nachtisch." Einen kleinen Moment später ahnte ich, welchen Nachtisch er heute nehmen wird. Ich denke sein heutiger bin ich. Na, mal sehen ob ich ihn noch ein bisschen heißer machen kann, wenn ich vor ihm die Treppen zu meiner Wohnung hinaufgehe. Ich fühlte seinen Atem an meinen Oberschenkeln, seinen Blick auf meinem Arsch und, Klatsch, auch seine Hand auf meinem Hintern. „Au" mach das nochmal und du wirst merken was dann passiert. Klatsch, Klatsch hatte ich gleich zwei Klapse auf meinem

Hintern. Als ich vor meiner Tür war, drehte ich mich um, schaute ihn an, schob ihm meine Zunge in den Mund und meine rechte Hand griff etwas fester, aber gefühlvoll in seinen Schritt. Wow, dachte ich, ist das ein Hammer oder sein Schwanz. Wenn der mich fickt, wird meine Muschi gedehnt und nicht nur ausgefüllt, von meinem kleinen Loch im Hintern will ich gar nicht erst reden. Ich schloss die Tür auf und jetzt packte er mich. Er hob mich an, griff unter meinen Hintern und ich schlang meine Beine um seine Hüfte. „Jetzt werde ich wohl die Vorspeise und nicht der Nachtisch" sagte ich. „Du wirst Vorspeise, Hauptgericht und Nachtisch, Süße oder dachtest Du ich bin mit einer Nummer leer zu kriegen. Meine Eier sind so prall gefüllt und die ganze Ficksahne darfst Du haben. Danach können wir Brötchen essen."

Als wir im Wohnzimmer vor der Couch angekommen waren, ließ er mich wieder herunter. Ich stand einen kleinen Moment und dann legte er seine Hände auf meine Schultern und drückte mich nach unten. So hockte ich genau vor seinem Prachtstück und öffnete seine Hose. Etwas verwundert war ich, als ich bemerkte das auch er nichts drunter trug.

War er auf so einen Moment vorbereitet oder geht er auch einfach so ohne Slip aus dem Haus. Ich mache das des Öfteren so, aber ich bin eine junge Frau und er ist schon etwas älter als ich. Als ich seine Hose herunterzog, schnellte mir sein strammer Prügel entgegen und auf seiner blanken Eichel waren schon einige Tropfen seiner Gier zu sehen. Ich nahm ihn in meine Hand und begann seine Eichel zu lutschen. Plötzlich packte er meinen Kopf und stieß seinen Riesenschwanz in meinen Mund. Er reichte bis an meinen Rachen, aber es machte mich auch geil, wie er mich nahm. Als Revanche griff ich nach seinen prallen Eiern und massierte sie ganz vorsichtig. Er begann sofort zu stöhnen und sein Stöhnen und die tiefe Stimme dazu machten mich an. Ich wollte unbedingt von ihm genommen werden, aber vorher sollte er mir zeigen, wie er mit meiner immer nasseren Möse umgehen wird. So bekam er einen Extra-Blowjob von mir, der ihn fast zum Abspritzen brachte. Kurz vorher lies ich ihn aus meinem gierigen Mund heraus und sagte: „Leck mich, leck mich, bis ich in Ekstase gerate. Danach darfst Du meine Löcher füllen und ich möchte deine warme Ficksahne auf mir und in meinen Mund haben. Du darfst nicht in meine Möse und auch nicht in meinen Knackarsch spritzen. Alle anderen Stellen meines Körpers kannst du mit deiner Ficksahne bedecken." Er lächelte, packte mich und trug mich ins Schlafzimmer. Dort warf er mich aufs Bett, drückte meine Schenkel auseinander und begann meine Möse zu lecken. Er hat eine geschickte Zunge dachte ich noch und dann schloss ich die Augen, um zu genießen. Ich war gespannt ob er es schaffen würde mich bis zur Ekstase zu lecken. Seine Zungenspitze umkreiste meine immer praller werdende Lustperle und dann schob er seine Zunge in meine feuchte Möse. Seine Lippen waren direkt an meinen und so nahm er meine Lippen in seinen Mund und saugte daran. Der leichte Schmerz war zwar zu spüren, aber vielmehr spürte ich, wie ich immer geiler wurde. Seine Zunge fuhr ab und auf über meine geileren Lippen und zwischendrin küsste er meine Möse, die inzwischen nass geworden war. Ich presste ihm meine patschnasse Möse entgegen und drückte seinen Kopf zwischen meine Schenkel. Er nutzte meine immer lauter werdende Geilheit aus und stieß mir zwei Finger in meinen engen

Knackarsch. Ich konnte es nur noch genießen und es dauerte nicht mehr lange, bis ich kam. Ich kam laut, sehr laut und patschnass. „Jetzt will ich dich. Dich und deinen harten Schwanz. Fick mich, fick mich hart und kräftig."

Das ließ er sich nicht zweimal sagen. Da ich eh schon auf dem Rücken lag, nahm er mich zuerst in der Missionarsstellung und ich dachte für einen Moment darüber nach, ob das die einzige Nummer mit ihm werden würde. Lange konnte ich nicht denken, denn dieser Typ vögelte mir den Verstand aus meinem Kopf. Kurz bevor er kam, zog er seinen Schwanz aus mir heraus und spritzte über meinen Bauch und meine Brüste hinweg bis in mein Gesicht. „Deine Sahne liebe ich" sagte ich zu ihm. „Und ich liebe auch deinen süßen Arsch" sagte er, drehte mich um, küsste meinen kleinen Arsch, leckte ihn und sofort spürte ich seinen wieder hart gewordenen Riemen in meinem Arsch. Er hatte ein Prachtstück von Schwanz, denn er hatte ja meine Möse bereits gut ausgefüllt, aber meinen Anus dehnte er jetzt. „Aua", sagte ich, als er begann mir meinen Arsch zu versohlen. „Das macht dich doch geil, wenn ich dich hart und kräftig nehme" sagte er und schon hatte ich die nächsten Klapse auf meinem Hinterteil. „Ja, ich liebe es, wenn ich hart genommen werde" sagte ich zu ihm und ich hatte es kaum ausgesprochen, da schlugen seine großen, kräftigen Hände wieder auf meinen süßen Knackarsch. Dann packte er mich an meiner Hüfte mit der einen Hand und mit der anderen griff er in meine Haare und zog sie zu sich. Immer schneller und immer härter stieß er in mich hinein und ich stöhnte immer heftiger. Plötzlich zog er seinen riesigen Schwanz aus mir heraus und spritzte meinen ganzen Rücken voll.

„Komm, ich will mit dir duschen, bevor du meine Eier lehr saugen und meinen Schwanz nochmal lutschen darfst" sagte er zu mir. Als sei ich seine kleine Sklavin stand ich auf und folgte ihm in die Dusche. Er wusch mich und ich ihn und ganz besonders sein bestes Stück. Wir trockneten uns gegenseitig etwas ab und dann legte er sich auf mein Bett und zeigte auf seinen Schwanz. „Los, blase und ich werde dir den Rest meiner Ficksahne in deinen süßen Mund spritzen und du schluckst alles" meinte er. Ich begann mit meinen Händen über seine Beine zu gleiten und als sie am Ziel angekommen waren, sagte ich „diese Zeit mit mir wirst du nie wieder vergessen, du geiler Bock." „Das will ich hoffen" entgegnete er. Er bekam einen geilen Blowjob und ich war erstaunt wieviel da noch in seinen Eiern war, als er begann in meinen Mund zu spritzen. Nach einer weiteren Dusche setzten wir uns in der Küche zusammen und unterhielten uns noch ein wenig und aßen unsere Brötchen.

*

Einige Tage später traf ich mich mal wieder mit Michelle, die sich inzwischen offenbar öfter in die Sonne gelegt hatte. Ihr Gesicht, ihr Dekolleté und auch ihre Beine hatten eine schöne Bräune. Da mir dies als erstes an ihr aufgefallen war, sagte ich es auch als erstes bei unserem Date. „Ich dachte, dir gefällt meine neuen pinkfarbenen Hotpants" entgegnete Michelle. „Ja, die auch" sagte ich zu ihr und fügte hinzu „dein geiler nackter Arsch und deine immer frisch rasierte Spalte gefallen mir aber noch mehr." Michelle lächelte, drehte sich einmal um sich selbst und streckte dabei ihren süßen Hintern noch mehr raus. „Komm, Michelle, ich habe gestern hier ein kleines Eiscafé entdeckt. Dort gibt es einen süßen Kellner. Vielleicht bekommen wir unser Eis etwas günstiger." „Das ist eine gute und geile Idee" erwiderte Michelle und schon machten wir uns auf den Weg. Als wir beim Eiscafé angekommen waren, setzten wir uns an einen Tisch, von dem aus wir die vorbeilaufenden aber auch die Theke gut im Blick hatten. Hinter der Theke stand eine junge Frau. Sie war vielleicht Mitte 20, schlank, hatte einen kleinen Hintern und einen festen Busen. „Die ist doch ein Traum für Männer" sagte ich zu Michelle. „Ja, aber wir warten doch hier auf den süßen Kellner, von dem du mir erzählt hast." „Ja, na klar" erwiderte ich. „Dir roten Haare sind echt und sie gehen ihr bis zum Arsch. Hast Du es schon einmal mit einer rothaarigen getrieben" fragte ich Michelle. „Erinnere mich nicht daran" antwortete sie mir. „Die war so geil, dass wir erst nach mehreren Stunden aufgehört haben. So lange und andauernd wurde ich noch nie zuvor rangenommen" fuhr sie fort.

Nun kam sie an unseren Tisch, lächelte uns verführerisch an und fragte nach unseren Wünschen. Wir bestellten jede ein Eis und als sie wieder weg ging, konnte ich nicht anders, als ihr hinterher zu schauen. „Ein süßer Arsch" sagte Michelle leise zu mir. Die Kellnerin drehte sich um, lächelte und sagte „das habe ich gehört und ich mag meinen Hintern auch." Wir beide sahen uns etwas verlegen an. Was würde die Kellnerin jetzt von uns denken?

Es dauerte eine Weile, bis die Kellnerin wieder kam und als sie uns das Eis brachte, legte sie Michelle noch einen Zettel mit den Worten „falls ihr heute Abend noch nichts vorhabt, findet ihr hier meine ganz persönliche Empfehlung" hin leckte sich über ihre gut geformten Lippen, zwinkerte mit einem Auge und im Weggehen konnten wir wieder ihren süßen Arsch sehen, der in der engen Jeans sich hin und her wiegte. Ob sie nun extra ihren Arsch so schaukeln ließ, überlegten wir kurz und dann faltete Michelle den Zettel auseinander. „ich glaube es jetzt nicht" sagte Michelle und wurde ein wenig verlegen. „Weißt du, was auf dem Zettel handschriftlich steht" Fragte sie mich. „Nein, woher soll ich das Wissen" erwiderte ich. Hier steht „ich will euch beiden zusehen, wenn ihr kommt und wenn es geil genug ist, mache ich euch richtig heiß." Dann stehen da noch eine Adresse und eine Handynummer. Ich tippte die Nummer in mein Smartphone ein und erstellte einen neuen Kontakt damit. „Die ist auch bei WhatsApp" sagte ich zu Michelle. „Schau dir mal ihr Profilbild an" sagte ich auch noch. Michelle nahm mein Handy und konnte den Blick von diesem süßen Arsch gar nicht mehr lassen. Na, der werden wir es zeigen beschlossen wir. Als wir unser Eis gegessen hatten, kam die Süße zu mir damit ich bezahlen konnte. Ich zahlte mit meiner Kreditkarte und sagte „so, du kleine geile Schnecke, dein Trinkgeld kannst du dir heute Abend abholen." „Das mache ich gerne" sagte sie, lächelte uns verführerisch an und ging.

Michelle und ich hatten jede einen kurzen Rock und ein Shirt angezogen. Nichts drunter, nicht unter dem Shirt und erst recht nichts unter dem Rock. Es war ein alleinstehendes Fachwerkhaus mit großen Fenstern. Die Tür war aus Holz und als ich auf die Klingel drückte, erklang eine Melodie. Es dauerte einen kleinen Moment, dann rief eine Frauenstimme „Ich komme gleich". „Na das will ich doch hoffen", sagte ich zu Michelle und lächelte sie an. Genau in dem Moment ging die

Tür auf. Vor uns stand die Kellnerin von vorhin. Nur jetzt hatte sie deutlich weniger an. Sie war bekleidet mit einen Ministring, der mehr zeigte als er verdeckte, und obenrum trug sie ein bauchfreies Top. „Hereinspaziert" sagte sie zu uns beiden. Wir gingen an ihr vorbei und sie schloss die Tür. „Geht einfach nur den Flur entlang und ganz hinten rechts hinein. Da können wir es uns erstmal bequem machen" sagte sie noch. Kaum waren wir an ihr vorbei, hatten Michelle und ich einen kräftigen Klaps auf unsere Hintern bekommen. „Hey", sagte ich. „Habt euch nicht so, ich muss doch fühlen, wie eure Knackärsche so sind. Ich heiße Sarah" sagte sie. „Das können wir auch. Komm in unsere Mitte, Sarah" sagte ich zu ihr. „Auf drei" sagte Michelle zu mir und ich wusste sofort, was sie meinte. „Eins, zwei" und schon bekam Sarah von uns drei Klapse auf ihren süßen Hintern. Nun machten wir es uns bequem und tranken den Sekt, mit dem uns Sarah empfing. „Auf einen nassen, lauten und geilen Abend" stießen wir an und genau das sollte dieser Abend auch werden. Laut von unserem Lachen und Stöhnen, nass unsere Mösen und die Dusche und geil alles, was passierte.

Wir saßen auf dem großen Ecksofa und tauschten uns über Mode, Dessous und Dildos aus. Sarah erzählte uns von ihrem geilsten Erlebnis mit einer dunkelhäutigen Frau und dann fragte sie „Was habt ihr schon mit Frauen erlebt? Treibt ihr es nur zu zweit oder habt ihr es auch schon mal mit einer dritten so wie mir gemacht?" Michelle antwortete sofort und sagte, dass sie es nicht nur mit mir treibt, sondern auch schon einmal den Männertraum vernascht hat. Eine rothaarige, Mitte zwanzig, Sommersprossen im Gesicht, einen schönen kleinen straffen Busen, einen flachen Bauch und einen kleinen knackigen Hintern. Sie war schlank, aber nicht dünn und hatte lange Beine. Sie hatte schmale Hände einen Kussmund und ihren geileren Lippen waren, wie selbstverständlich, komplett rasiert. Sie konnte lecken und wenn sie ihre Finger in Michelles Möse schob, wurde sie ganz schnell geil. Als sie dann aber auch noch einen Dildo in Michelles Hintern stieß wurde sie patschnass und stöhnte so laut, dass es durch die ganze Wohnung zu hören war. Den geilsten Sex hatte Michelle aber mit mir, fuhr sie weiter. Dabei lächelte sie und zwinkerte mir zu.

„Da kann ich noch nicht mithalten" sagte ich. Ich hatte bisher nur einige Male Sex mit einer Frau und das war, bis auf eine Ausnahme, immer mit Michelle. Einmal kam aber ein Installateur zu mir und brachte seine Praktikantin mit. Die Praktikantin gefiel mir sofort und scheinbar war auch sie sofort dazu bereit, es mit mir zu treiben. Ich steckte ihr einen Zettel mit meiner Handynummer zu und sie rief mich schon zwei Stunden später an. „Noch eine gute halbe Stunde, dann kann ich bei dir sein" sagte sie zu mir. „Ich würde gern als erstes bei und mit dir duschen und dann können wir zusammenkommen" fuhr sie fort. Na, die halbe Stunde habe ich mit rasieren und Sekt kaltstellen verbracht. Es klingelte an der Tür und ich hatte nur einen kurzen Bademantel an. Sie kam herein, schloss die Tür und begann sofort mir den Bademantel auszuziehen. Anschließend zog sie sich aus und dann fragte sie „Wo ist deine Dusche"? Ich nahm sie an die Hand und dann gingen wir zusammen duschen. Sie war blond, schlank und hatte große Brüste. Mein Blick blieb dort hängen und sie sagte nur „alles Natur, Süße". Ihr kleiner Arsch und die glatt rasierte Möse waren so verführerisch,

dass ich begann ihr den Arsch zu versohlen.
„Na warte, ich werde mich revanchieren"
sagte sie und schlug auf meinen Hintern. Das
war fast so, als hätte ein Mann auf meinen
kleinen süßen Arsch gehauen. Wir legten uns
in mein Bett und sie küsste meinen Mund,
meinen Hals, meine Brüste und zog mit ihren
Fingern an meinen immer fester werdenden
Nippeln. Ihr Mund ging immer weiter nach
unten, bis er schließlich direkt auf meiner
Möse war und ich, ohne es zu bemerken
meine Beine immer weiter spreizte. Dann
saugte sie kräftig an meiner Lustperle und im
gleichen Moment stieß sie mir einen Dildo in
meinen Anus. ich stöhnte einmal laut und
dann machte sie weiter, bis ich kam und ich
kam so laut und so nass wie lange zuvor nicht
mehr.

Den geilsten Fick mit einer Frau hatte ich
bisher mit dir, Michelle. Mal sehen, was du
uns so bieten kannst, Sarah. „Wenn du mit
uns gemeinsam kommen willst, muss das
nicht das letzte Mal gewesen sein" sagte Michelle und ich nickte zustimmend. Dann begann Sarah Michelle auszuziehen. Erst obenrum und dann auch den knappen Stoff, den
sie untenrum noch trug. Ich sah völlig

erschöpft von dem geilen Fick eben, den beiden zu.

Ganz langsam strich Sarah mit ihren Fingerspitzen über die Brüste von Michelle. Als sie an ihren Nippeln angekommen war, kniff sie ihren Daumen und ihren Zeigefinger zusammen und Michelle schrie einmal auf. „Tu nicht so, ich sehe doch wie geil dich das macht, du kleine Schlampe" sagte Sarah zu Michelle. „Das kann ich auch" sagte Michelle und nahm Sarahs Brüste in die Hände und drückte die Nippel ganz fest zusammen. Schon standen Sarahs Nippel prall und steil. Sarah stöhnte einmal, lauter als vorhin bei mir und dann ging ihre Hand direkt weiter nach unten. Inzwischen kenne ich Michelle schon gut, dachte ich, als ich sah, wie sie immer geiler wurde. „Zeig mir wie nass du schon bist" sagte Sarah und schon glitten drei Finger in Michelles Lustgrotte. „Wow, Du bist ja eine patschnasse Schlampe" sagte Michelle „da werde ich doch gleich mal meinen großen Dildo reinschieben und die Vibrator Funktion einschalten" fuhr sie fort. „Legt euch doch zu mir" sagte ich zu den beiden. „Ich will sehen, wie nass Michelle ist." Dann legte sich Michelle so hin, dass ich ihre frisch rasierte, patschnasse Möse vor meinen Augen hatte. Sarah drückte mir den Dildo in die Hand und sagte „schieb ihn ihr rein". Sofort stieß ich zwischen Michelles geilere Lippen. „Ah, los mach das nochmal" sagte sie stöhnend zu mir. So zog ich den Dildo langsam aus ihr heraus. „Komm, leck ihn schön sauber" sagte ich zu Michelle und Sarah sah uns beiden zu. Michelle nahm diesen riesigen Dildo in die Hand und lutschte ihn Zentimeterweise ab. Danach gab sie ihn mir wieder zurück und sagte „jetzt will ich ihn wiederhaben" und kaum das sie es ausgesprochen hatte, nahm Sarah mir den Dildo weg und schob ihn mit einem kräftigen Stoß direkt hinein, in Michelles süßen Arsch. „Du kleines geiles Fickstück wolltest es so" sagte Sarah zu Michelle. Es war ein geiler Anblick, den ich da vor meinen Augen hatte. Genauso schnell wie sie ihn hineinbekommen hatte, wurde sie ihn auch wieder los. Michelle stöhnte ein paar Mal und dann bekam sie einen noch dickeren Luststab in ihre nasse Spalte. Kaum hatte Michelle dieses riesige Teil drinnen, schaltete Sarah die Vibration ein. Ganz tief rein, dann ein wenig wieder raus dann wieder ganz tief rein und immer so weiter bewegte Sarah den vibrierenden Dildo in Michelles Möse. Michelle begann zu stöhnen und das wurde immer lauter und häufiger. „Stöhne deine Geilheit heraus, du nasse Schlampe" sagte Sarah zu Michelle. „Ich will nicht nur sehen, sondern auch hören wie du kommst" fuhr sie fort. Einige Zeit hielt Michelle noch durch, in der sie immer lauter und auch immer kräftiger stöhnte, doch dann kam sie so gewaltig und so nass wie schon sehr, sehr lange nicht mehr.

Anschließend gingen die beiden zusammen duschen und danach trockneten sie sich gegenseitig ab. Michelles Nippel standen noch immer vor lauter Geilheit. Meine Möse zuckte bei dem Gedanken, dass es ganz sicher nicht das letzte Mal war, wo wir uns zu einem Dreier trafen, um gemeinsam eine geile Zeit zu verbringen. Ich hatte mir meinen Ministring angezogen und wartete das Sarah und Michelle aus der Dusche kamen. Nach einer Weile standen die beiden neben mir und flüsterten mir in meine Ohren „so geil wollen wir das beim nächsten Mal wieder" und ich fuhr fort „und ich finde, dass wir gut zusammenpassen, denn Stöhnen können wir alle drei sehr gut".

*

Endlich ist mein Urlaub ran und dieses Mal werde ich nicht allein fliegen, sondern ich fliege mit Sarah, der süßen rothaarigen, ans Meer. Nein, nicht nach Ibiza und auch nicht nach Mallorca. Dort ist es uns zu überlaufen. Wir brauchen ein paar Orte für besonders geile Stunden. Nicht das wir nur an das EINE denken, aber es ist schon eines der Dinge, die wir immer und immer wieder erleben möchten.

Morgen machen wir noch eine kleine Shoppingtour damit wir auch alles Wichtige haben. Also Sonnencreme, für mich einen Neckholder Bikini (Höschen auch mit Bändern) für Sarah einen knappen Bikini, Badetücher für uns beide, Massageöl, Klingen für meinen Intimrasierer und nicht zu vergessen ein paar Kondome – wer weiß was wir für schnucklige Typen treffen. Wir trafen uns zum gemeinsamen Frühstück bei mir und anschließend zogen wir los. Zuerst gingen wir in die kleine Boutique und die Verkäuferin, die Sarah schon kannte empfing uns beide mit einem Lächeln. „Na, ihr beide. Was braucht ihr noch für euren Urlaub" fragte sie. Ich schaute Sarah an und sie blickte etwas verlegen zum Boden. „Ich habe meiner besten Freundin – der

Verkäuferin – so von unseren Urlaubsplänen vorgeschwärmt, dass sie sich für uns mitfreute." „Ich brauche einen knappen Bikini" sagte sie zur Verkäuferin „und ich hätte gern einen Neckholder" ergänzte ich. Sarah entschuldigte sich fast bei mir, bis ich ihr sagte, dass es doch gar keinen Grund dafür gäbe. Schließlich freue ich mich auch auf unseren Urlaub und gab Sarah einen leichten Klaps auf ihren süßen Hintern. „Na das macht ihr beide mal aus" sagte die Verkäuferin „ich gehe euch mal, was Schönes holen" fuhr sie fort. Kaum war sie ein paar Meter von uns weg, klatschte es auf meinem Arsch. „Aua", sagte ich und lächelte Sarah an. Die Verkäuferin drehte sich wortlos um und grinste uns beide an. Nach ein paar Minuten kam sie zurück. In der einen Hand hatte sie meinen Neckholder und in der anderen einen wirklich knappen Bikini für Sarah. „Ich glaube, ich habe hier etwas für euch, dass eure Bodys noch mehr zur Geltung kommen, lässt" und lächelte mich an. „Am besten probiert ihr die beiden hier gleich an, dann kann ich euch sagen, ob sie auch überall gut sitzen." „Na klar, sagte ich. Gerne möchte ich doch auch deine Meinung, als Fachfrau zu meiner neuesten

Errungenschaft haben." „Die bekommst Du" erwiderte die Verkäuferin. Sarah ging in die eine und ich in eine andere Kabine. Das Ausziehen ging schnell, denn wir hatten bei dem warmen Wetter nicht viel an. Ich trug unter meinem Shirt nichts und unter meinen Hotpants auch nur einen String und den auch nur, um den Bikini anprobieren zu können. Sarah trug unter ihrem Shirt auch nichts und unter ihrem kurzen Rock auch nur einen String aus dem gleichen Grund.

„Kann ich dir helfen" fragte die Verkäuferin und schon war sie in meiner Kabine. Ich hatte nur noch den String an und sie musterte mich mit ihren Augen und ihren Händen. „Du hast wirklich einen geilen Body, Süße" sagte sie zu mir und verließ meine Kabine wieder. So eine Freundin ist das also, dachte ich und überlegte, ob ich Sarah darauf ansprechen sollte. Mit einem Mal sagte Sarah „kannst du mal zu mir kommen und dir das hier ansehen" und ich hörte, wie die Verkäuferin zu Sarah ging. Der Vorhang ihrer Kabine bewegte sich einmal und Sarah stöhnte plötzlich. „Was macht ihr da, hier kann doch jeden Moment jemand reinkommen" sagte ich. „Mach dir keine Gedanken, Süße. Natürlich habe ich vorhin den

Laden abgeschlossen, denn ich weiß doch was Sarah braucht."

Ganz langsam und möglichst leise schob ich meinen Vorhang ein Stück zur Seite. Ich sah, dass Sarahs Vorhang komplett geöffnet war. Sarah hatte auf dem Hocker, der hier in jeder Kabine stand Platz genommen. Auch ihre Kabine war sehr groß und die Verkäuferin hatte sich vor Sarah hingehockt, den Kopf zwischen ihren Oberschenkeln und die Zunge begann Sarahs Möse zu lecken. Ganz sicher konnte sie sehr gut lecken, denn Sarahs Stöhnen verriet mir sofort, wie geil sie war. Leise schob ich meinen Vorhang noch ein Stück und noch ein Stück weiter zur Seite, bis er ganz offen war. Sarah stöhnte immer lauter und die Verkäuferin sagte „Du bist ja patschnass. Wie lange hat denn deine nasse Spalte niemand mehr verwöhnt." „Zu lange" stöhnte Sarah. Die Hände der Verkäuferin taten ihr übriges. Offensichtlich schob sie immer mehrere Finger der rechten Hand zwischen die geilen, nassen Lippen von Sarah und die andere spielte an Sarahs Brüsten, genauer an den Nippeln, die immer größer und steifer wurden.

Ich konnte und wollte mich nicht mehr zurückhalten. Ich zog das Oberteil aus, machte die dünnen Bändchen an meinem Bikinihöschen auf und streifte mir auch noch den String herunter. Dann setzte ich mich auf den Hocker in meiner Kabine und begann an mir herumzuspielen. Zuerst bearbeitete ich mit beiden Händen meine Brüste und auch bei mir standen die Nippel ganz schnell und waren hammerhart. Mit der linken Hand massierte ich meine Brüste weiter, die rechte Hand glitt mit den Fingerspitzen bis zu meinem Bauchnabel. Ein wohliger Schauer lief über meinen Rücken, Mit den Fingernägeln streichelte ich ganz zart weiter herunter. Ich schob mir aber nicht gleich zwei Finger zwischen meine geileren Lippen, sondern strich weiter über die Innenseiten meiner Oberschenkel. Ein leises Stöhnen war zu hören und der nächste wohlige Schauer lief über meinen Körper. Vom rechten Knie zurück bis zu meiner nassen Spalte und nun hinein in das nasse, geile und wie die Männer immer sagen, enge Loch. Mein Stöhnen wurde lauter und lauter. Sarah war inzwischen laut und nass gekommen. Plötzlich spürte ich wie eine Hand meine Hand von meiner Möse wegdrängte. Dann bekamen meine nassen Lippen einen Zungenkuss und die Verkäuferin überzeugte mich von ihren Französischkenntnissen. Sie küsste meine nasse Spalte und dann spürte ich ihre Zunge in mir. Bereitwillig spreizte ich meine Schenkel noch mehr und ich drückte ihren Kopf gegen meine Möse. Sarah kam hinzu und massierte mir meine Brüste und zwirbelte meine Nippel noch stärker als ich zuvor. Immer geiler und geiler wurde ich. Meine Möse wurde immer nasser und mein Stöhnen wurde immer lauter. Dann mit einem kräftigen, lauten Schrei kam ich und ich kam wie schon ewig nicht mehr. So geil hatte mich bisher noch keine Verkäuferin bedient äh verwöhnt.

Wir drei gingen zusammen in einen hinteren Raum und dort gab es außer einer Personaltoilette auch eine Personaldusche. Allein die Fliesen unter der Dusche hatte etwa eine Fläche von 5-6 Quadratmetern. Dennoch duschte eine nach der anderen und zum Schluss machten wir es uns hinter der Ladentheke bequem. Die Bikinis, die wir uns gekauft hatten, brauchten wir nur zur Hälfte bezahlen, als wenn wir zum Personal gehörten. „Das war doch mal ein geiler und günstiger

Einkauf" sagte ich zu Sarah". „Lass uns einen Salat essen gehen, denn den haben wir uns jetzt doch wohl verdient." Sie lächelte mich an und ich sie. Anschließend kauften wir noch den Rest ein und dann fuhr jede wieder zu sich nach Hause.

*

Das junge Pärchen, welches neben mir wohnt, hat sich bereit erklärt, dafür zu sorgen, dass mein Briefkasten nicht überquillt und auch das die Blumen nicht vertrocknen während Sarah und ich im Urlaub sind. Heute Abend werden wir uns treffen, um alles noch genau abzusprechen und anzuschauen. Ich hatte noch einiges zu erledigen und so verging die Zeit sehr schnell, bis es Abend wurde. Ich hatte Sekt in den Kühlschrank gestellt, etwas zum Knabbern stand auch auf dem Tisch und ich hatte es mir in meinen knappen Shorts und dem pinkfarbenen bauchfreien Oberteil bequem gemacht. Natürlich trug ich unter der Shorts und unter dem Top nichts. Nun saß ich hier und wartete, dass es an der Tür klingeln würde. Stattdessen klingelte mein Telefon und Sarah rief mich an. „Wir haben lange nichts voneinander gehört" sagte ich mit einem Lächeln. „Ja, ich weiß aber wir haben vorhin noch etwas Wichtiges vergessen einzukaufen, glaube ich" entgegnete Sarah. „Was denn" fragte ich „die Großpackung Kondome" erwiderte sie sofort. Genau in dem Moment klingelte es an der Tür. „Warte mal kurz, es hat geklingelt und das müssten meine Nachbarn sein" sagte ich. Dann ging ich zur Tür und öffnete. Meine Nachbarin und ihr Freund standen da und waren auch nur leicht bekleidet. Naja, dachte ich schließlich ist es warm und eine gute Figur haben beide. „Die Großpackung steht hier bei mir, Sarah. Ich habe sie vorhin in meinen Koffer getan, damit sie auf keinen Fall vergessen wird. Meine Nachbarn sind gerade gekommen, Machs gut und bis morgen" sagte ich zu Sarah. „Du auch und tu nichts, was ich nicht auch tun würde" erwiderte Sarah und ich konnte mir ihr verschmitztes Grinsen vorstellen und entgegnete, dass ich nie etwas tun würde, was sie nicht auch täte, zumindest beim Sex. Ich legte auf und das Telefon zur Seite und wandte mich den beiden zu. „Gut seht ihr aus" sagte ich und fuhr fort „wart ihr schon im Urlaub"? „Nein" erwiderte sie und er ergänzte „Wir fliegen in drei Wochen und gekommen bin ich heute noch nicht." Ich lächelte, weil er auf die Doppeldeutigkeit einging. „Ich bin mir ziemlich sicher, dass wir beide heute noch kommen" ergänzte sie. Das Gespräch ging immer weiter in diese eine Richtung und schließlich sagte ich „ich wäre gern dabei, wenn ihr kommt, aber ich will auch kommen. Dabei ist es mir egal wer von euch beiden dafür sorgt das ich komme." So begannen wir uns auszuziehen. Ich zog sie aus, sie ihn und er hatte mich mit seinen Blicken schon ausgezogen und nun spürte ich seine Hände auf meinem Körper. Sie fing an, seinen Schwanz zu wichsen und er leckte ihre Möse, die offenbar ganz schnell patschnass war. Dann kamen beide zu mir. Sie begann meine Brüste zunächst zu streicheln und dann immer kräftiger zu massieren. Meine Nippel standen und meine geile Spalte war auch schon ganz nass. Dann spürte ich einen kurzen, aber kräftigen Stoß und er hatte seinen riesigen Schwanz zwischen meinen nassen Lippen versenkt. Wir kamen alle drei fast zeitgleich nass, laut und geil. Eine Weile später stießen wir mit dem Sekt auf unsere Nachbarschaft an und wir sprachen auch nur über all das, was die zwei zu tun haben würden, während ich im Urlaub bin. Aber natürlich waren wir uns auch ganz schnell einig, dass dieser geile Dreier nicht der letzte zwischen uns gewesen sein soll. Beim Abschied umarmte sie mich und lächelte mich an. Er umarmte mich auch, schob seine Zunge in meinen Mund und ließ seine rechte Hand kräftig auf meinen kleinen Arsch klatschen. Ich hatte beim Abschied über ihren süßen, geilen Arsch gestrichen und als er auf meinen Arsch haute, packte ich ihn fest zwischen seinen Oberschenkeln und hatte so seinen Schwanz und seine Eier in meiner Hand. Ich spürte, dass er noch immer steif war, und ich flüsterte ihm ins Ohr: „Ich bin offen für dich, wann immer du Lust hast." Die beiden gingen und ich hatte gerade auch nur Sex im Kopf. Was war das für ein geiler Abend, auch wenn es – fast nebenher – auch um die Pflege meiner Pflanzen ging. Ich hatte noch ein Glas Sekt getrunken und war gerade dabei ins Bett zu gehen, als es an meiner Tür klopfte. Einen Moment lang überlegte ich, ob ich zur Tür oder ins Bett gehe. Ich entschied mich für die Tür und ich staunte, als ich draußen meinen Nachbarn entdeckte, diesmal jedoch allein. „Hast Du irgendwas vergessen, oder warum klopfst Du jetzt um diese Zeit nochmal?" „Vergessen, nein" lächelte er und fuhr fort „Du hast mir ein Angebot gemacht, dass ich nicht ablehnen kann und schon gar nicht möchte." Er schob mich rückwärts in die Wohnung und als auch er im Flur stand schloss er die Tür und griff nach meinem Hintern. Seine Hand hatte sofort eine Backe fest im Griff und die andere streifte den Träger meines Tops herunter, sodass meine Brüste zum Vorschein kamen. „Du hast nicht nur einen süßen Arsch, du hast auch großartige Titten, meine Süße." „Dein Schwanz ist ja immer noch hart" sagte ich zu ihm, nachdem ich seine Boxershorts heruntergestreift hatte. „Ja" hauchte er mir ins Ohr „und ich will dich – jetzt und sofort – hart rannehmen und Du darfst meine Sahne schlucken" fuhr er fort. Er ging mit mir in die Küche, beugte meinen Oberkörper nach vorn und dann stieß er abwechselnd in meine beiden Löcher. Meine Muschi schmatzte nur so, bei jedem seiner geilen festen Stöße und meine dickeren Lippen nahmen ihn ganz tief in sich auf. „Du bist so schön eng und geil." „Komm, nicht reden: Fick mich, und zwar so, dass auch ich komme. Wenn Du das nicht schaffst, werden wir so lange weitermachen bis ich komme und ich werde jede Minute davon genießen. Also nimm mich hart ran und knall mich so, dass ich höre und sehe, wie fest du mich nimmst" sagte ich zu ihm. Das ließ er sich offensichtlich nicht zweimal sagen und stieß mit einem lauten Stöhnen immer und immer wieder in meine patschnasse Möse und es dauerte nicht lang, da begann auch ich immer heftiger und lauter zu stöhnen. Dann zog er seinen harten, riesigen Schwanz aus mir heraus und mit einem lauten stöhnen kam er. Seine Sahne spritzte über meinen Bauch, meine Brüste, mein Gesicht bis in meine Haare. Als ich die erste Ladung abbekam, kam ich, und zwar so geil und so laut wie schon lange nicht mehr. „Du bist so ein geiler Ficker", keuchte ich hervor „dich will ich wieder, wenn ich wieder zu Hause bin". „Mein Schwanz freut sich jetzt schon darauf" antwortete er stöhnend. Dann zog er sich an, schob seine Zunge beim Küssen in meinen Mund und ich bekam noch einen kräftigen Klaps auf meine zwei Backen. Dann ging er und ich war so geil, dass ich lange brauchte, bis ich, übrigens noch immer nackt, einschlafen konnte.

*

Endlich kommt meine neue Küche. Ich hatte sie mir vor einer gefühlten Ewigkeit im Geschäft zusammenstellen lassen. Der Verkäufer war ein schnuckeliger Typ, den ich gern gleich mit vernascht hätte. Aber dazu kam es nicht.

Morgens um 06:30 Uhr hatte ich mir den Wecker gestellt, was eigentlich gar nicht meine Zeit ist. Ich schlafe sonst bis um 08:00 Uhr.

Pünktlich um 07:30 Uhr klingelte es und zwei Männer standen vor meiner Tür. Der eine so jung wie ich, sportlich, ein schönes Lächeln, eine große Nase und kräftige Hände. Der andere war etwa 15 Jahre älter, die Haare schon etwas grau, einen Bierbauch und stark behaart. Ich begrüßte beide sehr freundlich und bot auch gleich einen Kaffee an. Der ältere lehnte ab und der jüngere freute sich über mein Angebot. Ich hatte meine kurze Hose und mein bauchfreies weißes Top an. Sicherlich brauche ich hier nicht zu erwähnen, dass ich selbstverständlich nichts drunter trug. Weder unter dem Höschen noch unter meinem Top. Die beiden

Männer waren sehr fleißig und hin und wieder brachte ich den beiden etwas zu essen oder zu trinken. Jedes Mal, wenn ich bei dem jüngeren vorbeikam, lächelten wir uns an. Er streifte mal meinen Po oder meine Brüste und ich seinen Schritt, der schon eher einer Beule glich oder aber seinen Po.

Als die Küche aufgebaut war, war es schon Mittag geworden. „Wir müssen jetzt weiter zum nächsten Kunden" sagte der ältere. „Oh, und ich dachte ich könnte sie beide noch mit einem Mittagessen verwöhnen" entgegnete ich. „Und ich hätte noch einen Glastisch, den ihr beide mir doch bestimmt ganz schnell aufbauen könntet", fuhr ich fort. „Also ich kann nicht" sagte der ältere. Der Jüngere sagte „gern, dann essen wir und danach baue ich noch deinen Tisch auf. Fahre du zum nächsten Kunden und baue dort das kleine Schränkchen auf. Danach kannst du mich ja anrufen und ich sage dir, ob du mich hier abholen kannst, oder ob ich doch länger brauche und du Feierabend machen kannst." „Alles klar" sagte der ältere und ging. „Und nun zu dir" sagte der Jüngere. „Dann zaubere uns beiden mal etwas und ich werde mich nachher bei dir revanchieren". „Das mache ich gern" sagte ich zu ihm und drehte mich um. Kaum hatte ich ihm meinen Rücken zugewandt, klatschte seine kräftige Hand auf meinem kleinen Arsch. Ich drehte mich um, sah ihn an und er zog mich mit einem Ruck zu sich heran, hielt mich fest, küsste mich und seine Hände massierten meine Brüste. „Du bist ja eine kleine, geile Sau" sagte er zu mir. „Nana, so klein bin ich nun auch wieder nicht, entgegnete ich und griff nach seiner Beule, die einen Prachtschwanz verriet. Es war auch ein Prachtstück von Schwanz, den ich da in meiner Hand hielt. „Strammer Max wäre jetzt wohl das richtige für dich" sagte ich zu ihm. „Ja, aber den strammen habe ich doch schon" entgegnete er frech mit einem Grinsen im Gesicht. „Ich werde uns beiden schon etwas zaubern" sagte ich. „Der Tisch steht hier links im Zimmer, du musst nur erst durch mein Schlafzimmer durch". „Das ist ja großartig, ein riesiger Spiegel am Schrank und einen anderen über dem Bett." Hörte ich da richtig. Statt sich zum Tisch zu begeben, inspizierte er erstmal mein Schlafzimmer. Ich ging hinterher und fragte ihn „Wann hast du eine Frau das letzte Mal zum Abspritzen gebracht"? „Das ist schon länger her, aber ich glaube in ein paar Stunden werde ich dir antworten: Dich vorhin." Mir gefiel sein muskulöser Körper, seine freche Art mit mir umzugehen und auch der kräftige Klaps vorhin auf meinem Arsch hatte mir gefallen. „Ich schlage vor, wir genießen den Nachtisch nachher hier" sagte er zu mir. „Den kannst du haben, wenn Du so geil fickst, wie Du mir das hier erzählst." „Warte ab" sagte er und drehte sich um und ging zum Tisch.

Ich ging jedoch nicht zurück in die Küche, sondern ich ging gleich ins Bad. Ich kontrollierte meine Rasur und schminkte mich. Als ich damit fertig war, zog ich mein bauchfreies fast transparentes Top an. Ein Höschen oder einen String brauchte ich jetzt nicht. Ich ging durch mein Schlafzimmer und sah, dass der Tisch wohl gerade fertig geworden war und setzte mich auf die Glasplatte. Der Monteur, der eben noch die Verpackung zusammenräumte sah durch die Glasplatte meine blank rasierte Möse. Sofort ließ er den Karton fallen, stand auf, packte mich, trug mich ins Schlafzimmer und warf mich aufs Bett.

Nun lag ich auf dem Rücken und spürte, wie ich bereits jetzt schon feucht wurde. Er packte meine Oberschenkel spreizte sie und drückte sie nach oben. Seine Küsse bedeckten meine Brüste und seine Zungensputze spielte an meinen Brüsten, sodass die Nippel ganz schnell hart und groß wurden. Dann fuhr er mit seiner Zunge über meinen Bauch und in mir machte sich die Geilheit immer mehr bemerkbar. Als er an meinem Bauchnabel angekommen war, küsste er mich auch hier und seine Zungenspitze spielte mit meinem neuen Piercing.

Seine Zunge umkreiste immer und immer wieder meinen Bauchnabel und ich wurde immer geiler. „Stöhne ruhig lauter, du kleines, geiles Biest" sagte er plötzlich zu mir. Er ahnte wohl, dass ich Dirty Talk geil finde. „Wenn du mich jetzt endlich hart nimmst, stöhne ich noch lauter und vielleicht schaffst du es ja mich zum Orgasmus zu ficken" antwortete ich ihm. „Warte ab" sagte er „und genieße" fuhr er fort. Sein Mund ging weiter nach unten und ich konnte es kaum noch erwarten, dass er endlich meine Möse erreichen würde. Er jedoch küsste langsam. Meinen Venushügel und dann ging er an meiner Möse vorbei und küsste die Innenseite meines rechten Oberschenkels bis zum Knie. Weiter bis zum goldenen Mittelpunkt zwischen meinen Schenkeln, der schon nasser war und dann küsste er meinen linken Oberschenkel bis zum Knie. Wieder zurück und dann küsste er meine Möse und meine geileren Lippen wurden patschnass als er meine Lustperle verwöhnte und zeitgleich drei seiner Finger der rechten Hand in meinen geilen Fickschacht eindrangen. Ich wurde immer noch geiler und nasser. „Nimm mich endlich und fick mich" stöhnte ich ganz keuchend. „Gleich" sagte er und zog die Finger heraus. „Jetzt bist du dran, du geiles, nasses, kleines Fickstück" sagte er auch schon mit einem lauten Stöhnen und dann stieß er seinen riesigen harten Schwanz in meine triefnasse Möse. Ich lag immer noch auf dem Rücken und obgleich dies nicht meine Lieblingsstellung ist, genoss ich die wohligen Schauer, die über meinen Rücken liefen. Ich kam laut und nass und er spritzte seine Ficksahne über meinen Bauch, meine Brüste und mein Gesicht. Das war eine gewaltige Ladung, die er da auf mir verteilte. Danach lutschte ich seinen geilen Schwanz sauber. Die Eichel umspielte ich mit meiner Zunge und sein kleines nasses Spritzloch leckte ich besonders zärtlich. Danach gingen wir beide zusammen in meine Dusche, brausten uns ab und er wusch mich und ich ihn. „Ich werde schon wieder geil auf dich, du süße Bitch" sagte er zu mir und ich erwiderte „Ich will dich auch ganz bald wieder in meinen Löchern spüren" und dann küsste ich ihn und er gab mir einen Klaps auf meinen nassen Arsch.

Völlig nackt blieb ich stehen und beobachtete ihn beim Anziehen. Als er fertig war, packte er mich und zog mich an sich heran. Ganz fest drückte er mich und beim Küssen schob er seine Zunge in meinen und ich meine Zunge in seinen Mund. Er hielt meinen Arsch fest und ich hatte meine Hand direkt an seinem besten Stück. „Bis bald" hauchte ich ihm ins Ohr. „Bis bald" sagte auch er zu mir und ich bekam noch zwei kräftige Klapse auf meinen kleinen Arsch.

Mal wieder etwas für mich tun, dachte ich und begann wieder intensiver mich um Bauch-Beine-Po zu kümmern, denn ich will meine knackige, geile Figur noch einige Jahre behalten. Aber von nichts kommt nichts. Meine Brüste stehen noch immer und wenn ich geil bin, ist das auch durch meine engen Shirts oder Tops zu sehen. Meinen kleinen geilen Arsch findet besonders die Männerwelt sehr gut und meine geileren Lippen natürlich auch. Meine Oberschenkel lassen aber schon ein wenig nach und manchmal steckt nicht die Kraft drin, die ich gerne hätte. Meinen Po nach oben strecken, wenn ich auf dem Rücken liege oder die Hüfte des schnuckligen Typen festhalten strengt mich schon etwas an. Also beschloss ich wieder etwas zu tun.

In den letzten Monaten habe ich einige Stunden im Fitnessstudio zugebracht und inzwischen schauen mir die Typen auch jedes Mal hinterher, wenn ich an ihnen vorbeilaufe. Scheinbar trägt auch meine pinkfarbene Shorts seinen Teil dazu bei. Das ich nichts drunter trage, zeigt mein süßer Arsch. So langsam brauche ich aber nicht nur Bauch-

Beine-Po, sondern auch einen geilen, harten Fick. Das letzte Mal ist schon eine gefühlte Ewigkeit her. Heute Abend beim Tanzen werde ich wohl einen Typen mitnehmen, der mir dann zeigen kann, wie gut er gebaut ist und wie geile ich ihn mache.

Aua, was war das. Oh nein, nicht jetzt. Ein reißender Schmerz im Oberschenkel und in meinem kleinen süßen Hintern. Ich setze mich mal schnell auf meine Couch, aber dieser Schmerz lässt nicht nach. So wird das heute nichts mit dem tanzen und dem Abend danach. Morgen früh werde ich wohl zum Arzt gehen. Die Nacht war nicht so großartig. So machte ich mich auf zum Doktor. Der tastete meinen Oberschenkel und griff auch an meinen kleinen Arsch. „Tut das weh" fragte er. „Ja sehr" antwortete ich und dachte es ist aber auch geil. „Ich verschreibe Ihnen Physiotherapie" sagte er und fuhr fort „Sie haben es wohl mit Bauch – Beine – Po übertrieben. Aber das haben Sie doch gar nicht nötig". „Danke schön" sagte ich und verließ das Sprechzimmer. Diesen Sportarzt hätte ich auch gern mal näher untersucht dachte ich so bei mir. Anfang nächster Woche geht es los mit der Physio. Mal sehen, wie schnell mir diese hilft. Die Therapeutin hatte mir am Telefon schon gesagt, dass mich ein Mann behandeln würde, da ihre Kollegin krank ist. Mir war das völlig egal, ich wollte nur schnell diesen starken Schmerz loswerden.

In der Physiotherapie angekommen wurde ich in die Kabine geschickt und sollte mir die Schuhe und die Hose ausziehen. Dann geht es gleich los. Ich hatte mich wie gewünscht ausgezogen und mich auf die Liege gelegt. Vorher noch mein großes Strandtuch ausgebreitet. Nun lag ich hier auf dem Bauch und hörte leise Musik. Es war angenehm warm und der Raum war sehr hell und freundlich eingerichtet. Plötzlich klopfte jemand und ich sagte „Ja". Dann kam ein großer, kräftiger Mann herein und stellte sich als mein Therapeut vor. Er gefiel mir und am liebsten hätte ich ihn gleich vernascht, aber da waren noch die Schmerzen. „Wo tut es denn am meisten weh" fragte er mit einer tiefen Stimme. Ich zeigte auf meinen rechten Oberschenkel und die rechte Seite von meinem Hintern. „Das bekommen wir hin. Gleich wird es mal kurz kalt" sagte er und dann spürte ich seine Hand auf meinem Hintern. Er drückte mal kurz und ich stöhnte „Aua, ja genau da und den ganzen Oberschenkel lang". Gekonnt massierte er zunächst meinen kleinen Arsch und dann den Oberschenkel, wobei seine Fingerspitzen immer mal wieder auch den vorderen Bereich meines Stringtangas berührten. „Sie sind aber gründlich" sagte ich zu ihm. Er lächelte und sagte „Du willst doch schnell wieder gesund werden. Da darf ich keine Stelle außer Acht lassen." „Ich bitte darum, dass Du keine Stelle außer Acht lässt. Schon gar nicht eine meiner wichtigsten und feuchtesten Stellen." Ich sah ihn an und lächelte und er lächelte zurück. „Wie viele Termine haben wir zusammen" fragte er. Ich sagte „leider nur sechs." „Dann machen wir gleich nochmal sechs Termine und um die Verlängerung kümmere ich mich" erwiderte er. „Das ist lieb von dir" sagte ich. „Ich kümmere mich um das passende Outfit damit auch Du etwas davon hast" entgegnete ich und ging. Ich spürte seinen Blick auf meinem kleinen Arsch und dachte mir, den bekomme ich ganz sicher in mich hinein. Beim vorletzten Termin hatte ich unter meiner Shorts nichts an und zog mir diese auch erst aus, als er bereits mit in der Kabine war. Schließlich wollte ich sicher sein, dass mich nicht ausgerechnet jetzt jemand anderes durchknetete. Als ich meine Shorts auszog, spürte ich seinen Blick auf meiner frisch rasierten Möse. „Du süßes, geiles Luder" sagte er zu mir und dann bekam ich meinen süßen Arsch versohlt. „Zieh deine Hose aus, ich will ihn blasen und deine Ficksahne in meinen Mund haben" sagte ich zu ihm. War er erstaunt oder tat er nur so überlegte ich einen Moment. Dann zog ich ihm die Hose aus und war erstaunt. Auch er hatte nichts drunter und ich sah seinen großen, dicken Schwanz aber auch das auch er rasiert war. „Damit hast du nicht gerechnet" sagte er grinsend. „Nein" sagte ich und fühlte mich ertappt. Ich hockte mich vor ihn und er stieß sein riesiges Teil in meinen Mund. „Komm, du geiles Stück. Nimm ihn tief in deinen Mund" sagte er zu mir. Ich nahm ihn tief und massierte seine prallen Eier. Es dauerte nicht lang, dann hatte ich seine Ladung im Mund. „Schluck, Süße" und ich tat es sofort. „Du darfst mich jetzt wieder anziehen" sagte er zu mir. „Nein, entgegnete ich. Ich ziehe mich und du dich an. Gegenseitig machen wir das mal bei mir zu Hause, und dann wirst Du mich ficken" sagte ich zu ihm. Wir hatten kein Date vereinbart, aber eines Nachmittags klingelte es bei mir und der Therapeut stand in der Tür.

*

Natürlich bat ich ihn sofort herein, denn die Freude auf eine geile Zeit, die gleich beginnen wird, war groß genug. Er ist sehr groß, hat eine sportliche Figur, was bei seinem Beruf Physiotherapeut nicht verwunderlich ist. Ein paar graue Haare sind schon sichtbar, aber das machte ihn für mich nur noch interessanter. Mal sehen, was er mit mir anstellen und wie gut und wie oft er mich ficken wird.

Ich hatte nur meine goldfarbenen Hotpants an. Richtig, es ist die, die ich auch auf dem Coverbild dieses Buches trage. Selbstverständlich trug ich auch mein Bauchnabelpiercing.

Als ich vor ihm durch den Flur lief, bemerkte ich schon, wie er mich mit seinen Blicken langsam auszog. Um ihn noch geiler zu machen, ließ ich meine Hüfte wackeln. Er war nur einen Schritt hinter mir und ich spürte seinen Atem und er roch auch noch so gut. Ich hatte mein neues Parfum aufgetragen und das roch er offenbar sehr gern.

Plötzlich bekam ich einen kräftigen Klaps auf meinen Hintern, danach packte er mich drehte mich zu sich herum. Sein Blick ging zu meinen Brüsten und seine Hände packten sie auch gleich. Mit den Fingern und mit seiner Zunge zwirbelte er meine Nippel so lange bis sie vor Geilheit standen. Ich tat wonach mir war. Ich zog sein Shirt über seinen muskulösen Oberkörper und streichelte ganz sanft seinen Rücken. Mal mit der ganzen Hand und mal nur mit den Fingerspitzen. Wir umarmten uns dabei fest und ich spürte, wie kräftig er ist. Ich öffnete seine Hose und stellte ganz schnell fest wie geil er schon war. Unter seiner Hose trug er nichts außer seinem riesigen Schwanz, den ich mit meiner Hand kaum umfassen konnte. Wenn er den in mich reinstößt, bin ich ganz sicher völlig ausgefüllt. Bei dem Gedanken merkte ich wie feucht ich schon war. Er hockte sich vor mich und begann ganz langsam den Reißverschluss meines Höschens zu öffnen.

Seine rechte Hand kümmerte sich sofort um meine geileren Lippen und seine linke packte meinen kleinen, süßen Arsch. Er stand wieder auf und hauchte in mein Ohr: „Ich will nicht nur deine patschnasse Möse, sondern ich will auch deinen kleinen, geilen Arsch durchficken. Und ich will auch eine Ladung meiner Ficksahne auf deinen wunderschönen Titten verteilen. Übrigens liebe ich es, wenn Du gleich vor Lust und vor Schmerz – bei meinem Schwanz – stöhnst, während ich dich hart rannehme, du geiles Fickluder." Er war etwas erstaunt, als ich in sein Ohr flüsterte: „Na mal sehen, wie oft du es mir so richtig geil besorgen kannst. Dann darfst Du auch alles mit mir machen, was Du gerade gesagt hast. Zunächst will ich deinen Schwanz hart lutschen und Du darfst meine Möse und meinen Arsch lecken, bis ich vor Geilheit patschnass bin."

Kaum hatte ich das ausgesprochen, hob er mich hoch, trug mich ins Schlafzimmer und ließ mich dort ganz sanft aufs Bett gleiten. Er küsste meine Brüste und spielte mit seinen Zähnen und seiner Zunge an meinen Nippeln, die hart und geil standen. Sein Mund glitt immer tiefer und tiefer bis er an meiner schon sehr feuchten Möse angekommen war. Mit seinen Fingern zog er meine geileren Lippen auseinander und dann leckte er meine Lustperle, die auch sehr schnell groß und hart wurde. „Ja, Jaa, Jaaa" stöhnte ich hervor. Er ließ seine Zunge hin und her gleiten, schob seine Finger in mich hinein und leckte mich immer geiler. „Du bist ja schon patschnass, Süße. Deine Pussy schmeckt lecker." Ich stöhnte schon nicht mehr, sondern keuchte nur noch. „Lauter, du geiles kleines Biest. Schrei sie raus deine Lust."

Es machte uns beide noch geiler, dass wir uns in den zwei Spiegeln beobachten konnten.

„Komm und fick mich" stöhnte ich. „Nimm mich und nimm mich hart" ergänzte ich noch. Er aber packte meine Brüste ganz fest und ich schrie vor Geilheit „Fick mich durch."

Mit einem Stoß war sein riesiger Schwanz in meiner kleinen, engen, triefend nassen Möse. „Hey Süße, du bist schön eng und ich finde es geil, wie deine Titten im Sextakt wippen." Immer schneller und immer härter drang er in mich ein und ich stöhnte immer lauter und immer heftiger. Dann zog er seinen Schwanz aus meiner triefenden Möse, packte mich und drehte mich um, als ich wäre ich ein Gegenstand. „Jetzt will ich dich von hinten" und ich streckte ihm meinen Arsch entgegen, dachte an die geile Doggy-Stellung und schon leckte er einmal über meinen

Anus. „Nein, noch nicht in meinen Hintern" keuchte ich noch und dann schob er sein Prachtstück ganz langsam in meinen Arsch. „Ah, Ja, Jaaa, Aaahhh", stöhnte ich, aber er machte weiter, bis er ganz in mir war. Dann zog er ihn langsam wieder heraus, bis nur noch seine Eichel mich füllte. „Dein süßer Arsch ist geil" sagte er. „Oh ja, nimm mich" keuchte ich wieder vor Geilheit und jetzt stieß er mit einem Ruck ganz tief in meinen kleinen Arsch. So geil und hart bin ich schon lange nicht mehr rangenommen und gefickt worden dachte ich und war erstaunt, dass ich noch denken konnte. Sein harter Schwanz stieß immer wieder in mich und inzwischen stöhnte auch er immer lauter. Dann zog er ihn aus meinem Arsch. „Gleich komme ich" stöhnte er und drehte mich wieder um.

Er spritzte seine ganze Ladung über meinen Bauch und meine Brüste. In dem Moment kam auch ich und schrie vor Geilheit.

Er legte sich neben mich und sah mir dabei zu, wie ich seine Sahne auf mir verteilte und natürlich auch probierte. „Ich schlucke gern die Ficksahne auch von Dir" sagte ich zu ihm. „Ich habe auch den geilen Geschmack von deiner Pussy genossen" erwiderte er und gab mir einen langen Zungenkuss. Anschließend gingen wir duschen und dabei bekam ich noch meinen Arsch versohlt, was ich immer geil finde.

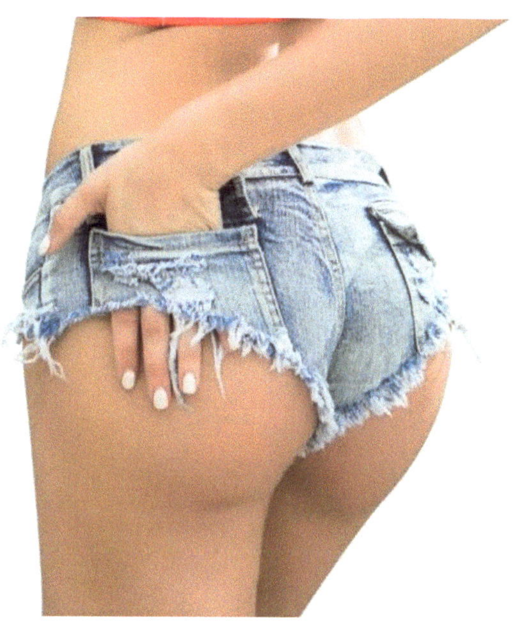

Weitere Bücher von mir:

In meinem Buch finden Sie einige Geschichten rund
um das Thema Sex. Hier geht es in alle Löcher,
auch in meine.
Frauen und Männer werden auf ihre Kosten kommen und es gibt fast kein Tabu.
Meine Freundinnen haben mir ein paar Sexstories
erzählt und auch die habe ich hier aufgeschrieben.
Für einsame Stunden ist das Buch genauso geeignet
wie zum Vorlesen und vielleicht auch zum Nachmachen.
Ich wünsche meinen Lesern geiles Kopfkino und natürlich eine geile Zeit.

Lenas Freundin hatte kürzlich ein schönes Haus entdeckt, indem es sehr heiß und geil zugeht. Da Lena auch schon lange nicht mehr rangenommen wurde, beschließt sie sich dieses Haus mal etwas näher anzusehen.
Das innere übertrifft das Äußere um Längen und Lena wird hier so oft (her)kommen, wie sie mag. Lassen Sie sich überraschen, was hier alles geschieht.

Einmal durch alle Gewerke, die mir so untergekommen sind. Ob Maler, Elektriker, ein Tischler und seine Azubine und noch ein paar Andere werde ich testen.
Wie die Tests ausgingen, können Sie in diesem Buch lesen und wenn Sie die Lust überkommt auch gleich nachmachen.
Sieben Kurzgeschichten die anregend gutgeschrieben sind.